애인이 생겼다

애인이 생겼다

초판인쇄 | 2020년 9월 5일
초판발행 | 2020년 9월 10일

지 은 이 | 문인선
편집주간 | 배재경
펴 낸 이 | 배재도
펴 낸 곳 | 도서출판 작가마을
등   록 | 2002년 8월 29일제 2002-000012호
주   소 | 부산광역시 중구 대청로 141번길 15-1 대륙빌딩 301호
         T. 051)248-4145, 2598 F. 051)248-0723 E. seepoet@hanmail.net

ISBN 979-11-5606-153-3 03810 정가 10,000원

※ 이 도서의 국립중앙도서관 출판예정도서목록CIP은 서지정보유통지원시스템 홈페이지
   (http://seoji.nl.go.kr)와 국가자료공동목록시스템(http://www.nl.go.kr/kolisnet)에서
   이용하실 수 있습니다. (CIP제어번호 : CIP2020037137)

※ 본 도서는 2020년 부산광역시, 부산문화재단 지역문화예술특성화지원 '부산문화예술지원사업'
   으로 지원을 받았습니다.

애인이 생겼다

문인선 시집

도서출판
작가마을

코로나에 홍수까지 겹쳐 다들
삶이 팍팍하다고 합니다

이 한 편의 시가 독자들의 가슴 가슴에
작은 위안이 될 수 있다면
나는 참 행복 하겠습니다

시여, 누구에게든 가 닿아라 사랑으로 닿아라

이 시를 읽는 모든 분들에게 행운이 있기를...

2020년 가을
문인선

문인선 시집

· 차례

애인이 생겼다　　　　문인선 시집

제1부

운주사에 가면

운주사에 가면 머슴 부처 있다
산비탈 홀로 서서 바람이 불 때마다 낙엽만 쓰는
머슴 부처 있다
불과 얼음 사이 물이 될 수는 없어
전생에 안방마님 연모하다 쫓겨났을까
멍석말이 당했을까
얼굴에 거친 멍석 자국 곰보 같다
스스로도 억제 못한
그 몹쓸 상사병

필시, 운주사 불공드리러 오는 안방마님 따라 오다
언감생심, 그 치맛자락 은근슬쩍 잡아보기라도 했을까
가학적 자책에 그 팔 자르고 싶었을까
관절만 다 닳은 삼천 배의 빈 효험
외로이 홀로 산비탈에 서 본들 흘려보내지 못하고
빗질로도 쓸어내지 못한 상사여

팔 없는 몸으로 멍하니 찢겨진 가사 자락
뚜껑 없는 맨홀같이 뻥 뚫린 마음에 바람만 들락거린다

산골 시인

강원도 한 산골에는 시인이 살아
방도 마루도 없이 시인이 살아
잠을 자면 방이고 앉으면 마루인 마당
손님을 맞으러 마을로 내려온 마른 나뭇가지들
모닥불로 타고
뉘의 손에는 애인처럼 고구마가
뉘의 입에는 옥수수가 알알이 노래로 들어와
시가 되는 사이
모닥불에 뛰어내린 별들이 탁탁 익어가고 있는 사이
그 곁에
세월만 돌리던 물레방아
돌다 멋다 돌다 멋다 한자리 끼어들어
세상 얘기 하잔다
물레야 우린 너와 뒹구는 하늘처럼 맑은 물 얘기가 더 좋다
흙냄새 풀냄새 산골냄새가 더 좋다
깊은 산, 숲과 어둠이 연출하는 이 신비의 밤이여
농부가 된 시인이여
멧돼지 산 노루가 분탕질을 해도

양심껏 남겨 줄줄 알더라고
우리는 그 멧돼지 산 노루도 만나보고 싶어 한다

바다와 나주댁

바다는 나주댁과 친했다
언제나 문을 열어 놓고
기다리던 바다
아무도 없는 바다 속에서
단 둘이 만나면
소주 한 잔 마신 적 없어도
조개를 까듯 속내를 다 까 보여주곤 했다
바다는 늘 같이 사는 비진도의 동백은 몇 그룬지 몰라도
남편 없는 나주댁의 가정사는 낱낱이 알고 있었다
두 아들과 두 딸이 나주댁이 메고 있는 등짐이라는 것도
앞가슴에 차고 있는 저 망사리에 뭘 채워줘야 하는지도
대학 등록금 때는 바다가 먼저 전복 한 마리 더 내어주고
딸이 시집 갈 때는
전복 속에 숨겨 키우던 진주까지 내어주었던 바다
비올 때는 맨 몸으로 비 맞으며 손잡고 울어주던 바다
자식 커서 하나 둘 출가 다 시키고 난 나주댁
억척같은 삶 밀물처럼 늘 가슴에 찼던 고독
썰물이 빠져 나간 갯벌처럼 허전한지
갈매기도 비에 젖는 날이면

선창가 목포집에서 옷고름 풀어헤치도록 소주병을 까고는
네가 나를 살렸다 네가 내 엄마다 네가 내 엄마다
바다를 바라보며
우는 건지 웃는 건지

죽어서도 내 뱉을 나주댁의 저 숨비 소리

노루의 양심

빌딩 숲을 탈출하였다
강원도 두메산골 자작나무 숲 속으로 들어간 시인
자연과 친구하고 살겠다고
대문도 울도 없이 열어놓고 강냉이 심고 오이도 심었다
오늘은 잎이 돋고 내일은 날개가 돋았다
그들의 달콤한 향기는
그가 살던 도회까지 풀풀 날아다녔다
수박은 노래가 되고 강냉이는 시가 되어 가고 있었다
계곡의 은하수는 느릿느릿 세월을 돌리고
밤이면 시인은 하늘의 별들과 꿈을 꾸고 있는 동안
시인 몰래 축제를 기다리는 이들 있었다
산속에서 침 흘리던 멧돼지와 노루
하룻밤 분탕질로 시인의 축제를 대신했다
일 년 내내 흘린 시인의 땀방울은 흔적도 없어졌다
온갖 부사와 형용사, 동사까지 다 동원된 이 허탈감

"좀 남겨라도 놓지... 좀 남겨라도 놓지"

애처롭기까지 해 보이던 노루, 눈망울이 그윽한 그 노루

가 어찌 그럴 수 있는지
퇴직금의 반을 앗아간 꽃뱀이 떠올랐다
멧돼지는 필시 시커먼 털을 갖고 있었을 테지만....

한 참 멍한 마음 빈손을 들어 하늘을 바라보다
커다랗게 팻말 하나를 내 건다
함께 살자

동살에 피어나는 소금꽃

새벽바람 헤치고 자갈치가 일어선다
동해 물 서해 물로 살찌운 어족들이
찬란한 은빛 금빛 뽐내며 모여든 곳
새벽안개 같은 애환과 삶의 진액, 눈물이 있는 곳
저 구릿빛 경상도 사나이의 우직한 사랑도
수줍은 부산 아지매의 따스한 인정도 여기에 있다
냉동 김이 펄펄 나는 생선더미 나르는
목이 긴 장화 신은 아저씨의 어깨에는
딸아이의 학원비가 얹혀있고
회 접시를 나르는 저 종종걸음 아주머니 둥근 가슴에는
대학생 된 아들의 푸른 꿈이 출렁거린다
저기 저 좌판 위에 늘씬하게 누워 있는 고등어와
손놀림이 부지런한 젊은 새악시
시부모 봉양할 생활비가 거기 있다
여 와보소, 싸게 줄랑교?
저 찰진 흥정소리, 부산 사투리의 호탕한 웃음소리
살찐 어족들은 자판 위에서 퍼덕거리고
은빛 금빛 비늘에 아침 해는 조명을 쏘아댄다
깃을 털며 날던 갈매기도 멈춰 서서

눈을 찡긋 윙크를 하고 자갈치는
풍요와 활력이 터질 듯 풍선처럼 부푼다
바다를 안고 사는 사람들 소금꽃이 눈부시다

숨겨놓은 애인

애인이 생겼다

첫눈에 반해
숲속에 숨겼다
뛰는 가슴 갈비뼈로 억누르며
주말마다 아내 몰래 숲속으로 달린다
호미 끝에 속삭이는
그녀의 소리를 가슴으로 품는다
자갈돌 일가족은 그녀 곁에서 이사를 보내고
세력을 넓혀오는 떼잔디에겐 국경을 지키자고
정중히 협상도 했다
행여 다칠세라
두 손으로 어루만져
오이, 상추, 가지를 심어놓고
자신의 중력에 그녀의 모공이라도 막힐까봐
두 발도 머리에 이고 걸을 수 없을까
궁리도 했다
휴일만을 기다리던 그이 앞에
오이, 상추, 가지를 밀어낸 잡초가

뻔뻔하게 웃고 있었다
손자병법에도 나오지 않는 잡초와의 결투는 지루한
전쟁이 되었고

최후의 수단으로 무지막지한 병법을 동원했다

검은 비닐로 그녀를 몽땅 씌워 버렸다
어느새 여름이 찾아와서 그녀는 날마다 신열을
앓고 여름감기에 쿨룩거려도 아랑곳
않는 반쪽 농부
하늘은 비를 보내 위로하지만
비는 곧 사신처럼 돌아가고
그녀는 땀띠 난 제 허벅지 움켜쥐고
하늘을 본다
안타깝던 바람
자꾸 그에게 귓속말을 해대던 날
그래, 그렇지,
저만치 워낭소리, 논두렁을 타고 오는 저 소리
무지개 뜬다

여자

둥글둥글 그녀
밀가루 반죽을 척척 빨래처럼 걸쳐놓은 듯
허리 대신 언덕과 골이 굵게 잡힌 그녀
굿판의 무당처럼 냉탕에서 손을 들고 뛰고 있다

내가 갔을 때마다 만나는 그녀
혹, 그녀의 일과는 목욕일까
앞으로 수그려 머리를 감는 나를 보고
그럼 위험하다고 조언을 주기도 했던 그녀

좁쌀 같은 잔소리가 입 안 가득 들었을 것 같은 그녀
80고개는 넘었을법한 그녀
탈의장에 나온 그녀가 거울 앞에서
연둣빛 반죽의 무언가를 얼굴에 두껍게 발라댄다
저 덕지덕지 검버섯 대신 꽃잎 하나 다시 돋아날 수 있을까

아,
여자였어라
꽃봉오리고 싶은 마음

포기할 수 없는
가련함이여
신자유주의 몸매로 신들린 무당처럼
뛰던 그 이유를
어쩔거나...

빗자루 생각

아파트 귀퉁이 24시 편의점 있다
낮이 다녀간 그곳에는
보름달 같은 전구알들이 빈 밤을 새고 있다
가로수도 잠들어 바람도 없는 거리에 한 사나이가
그림자처럼 나타나 머뭇거린다
문 앞에서 입에 문 담배를 떨어뜨리고 발로 짓이긴다
그리곤 편의점 문을 밀고 들어가더니 담배 한 갑을
들고 나온다
그 곁엔 도시를 진열한 시티 숍이 있고
2층엔 천국으로 가는 계단이 있는 모양이다
옥상에 십자가가 팔 벌리고 서있다
천국으로 가는 계단이 저리 짧아도 되는 걸까
생각다가
담배를 산 저 사나이는 또 저 담배 스무 개피를
피우다가 공원 벤치 거나 가게 앞이거나 버리게 되겠지
담배를 사듯 도시를 골라 살 순 있겠지만
길을 더럽히는 저 사나이는 천국으로 갈 수 있을까

염라대왕은 그에게 담배 아닌 빗자루 한 자루 줄 것 같다

그녀의 일기장

웨이브 진 머릿결처럼 곡선이 아름다웠던 시절 있었으리라
아프로디테처럼 매혹적이었던
그 탱탱하고 도도한 시절을 반납할 때
찢긴 심장이 깃발처럼 펄럭였으리라
만조의 수위처럼 차오르던 고달픔
한숨은 산처럼 쌓여갔으리라
혼자의 몸으로 칠 남매 키워낸
거룩한 한 여인을 본다
그는 여인이 아니라 어머니였다
칠 남매 등에 업고 올라야 하는 가파른 삶의 오르막
썩은 새끼줄에 매달린 듯 삶은 늘 곡예였고
절벽 위에 한 발로 선 그 아찔함은 일상이었다
그렇게 키워낸 자식, 자식들
품에서 하나 둘 떠나보내고
텅 빈 들녘의 허허로움은
바람 빠진 풍선처럼 퍽퍽 주저앉듯 퍼졌으리라

그녀의 이마에 밭이랑을 이룬 저건 그녀의 일기장
그녀 일생의 거룩한 기록이다

바위

하늘을 날 수도 있다

바람이 찾아와 살랑살랑 귓속말을 해대니
느릅나무 후박나무 치맛자락 흔들며 맞장구를 쳐댄다
없는 일도 미각 후각 만들어 보태는 세상
하늘을 날던 흰 구름도 슬금슬금 내려와
흰 웃음에 덧칠까지 해대며 웃어대고
참새 동박새도 제풀에 고백까지 해도
미동도 없이 계곡만 내려다보는 바위는
빛도 그늘도 드러내지 않는 얼굴에
단단히도 풀칠한 입이다

세상사 귀를 후비듯 궁금하지 않은 자 있겠냐고
밤새 몰래 다니는 걸 본 자 있다고도 하고
천년을 한결같이 그 자리에 앉아만 있었겠냐고
숙덕댈 때도
침묵으로 일관하는 저 묵중함은 어디서 오는 걸까

온갖 입들이 무더기로 소식을 쏟아놓아도

한 번씩 진짜 정보 가짜 정보 가려주는 소나기
새벽마다 찾아오는 저 영롱한 심안의 눈빛 이슬
그랬겠다
천년을 침묵으로 앉아 있어도 천리를 봤겠다
입 다물고 있는 자
세상에서 제일 무서운 자랬다
언제쯤 제 무게만큼 세상 놀랄만한 천둥소릴 꿍 하고
나설지 아무도 모를 일이다

배신의 계절 1

사전에는 남아 있을까
오상고절은 지켜서 무엇하리
애국이란 말, 절개라는 말은 이제 전설 속의 말
노릿노릿 국화꽃 불판 위에 누워 있다
언제부터 등 따습고 배부른 길을 택했을까
등을 굽고 누워서는
다디단 팥소를 주는 대로 받아먹고
아니 제 먼저 입을 벌리고 있었는지 모르겠다
꽃피우는 일도 '배부르고 나서'라고
어두운 들녘에서 찬 서리 맞으며
홀로 떠는 일은 어리석은 짓이라고
고결한 몸짓 대신
기름으로 코팅한 구수한 냄새로
유혹까지 한다
어른이고 어린이고 가리지 않는다
서리 내리는 늦가을 들길이 아니다
의사당 앞
삼거리 모퉁이에서
국화꽃은 노릿노릿 피고 있다

학교서도 배우지 않는 그 말
고양이가 쥐 안 잡고 키득거리는 말
이정보 때 죽었음을
지금 막 티브이가 증언하고 있다
부뚜막에 올려놓은 생선 하나
지키던 고양이
담 넘어 등 데우고 누워 있는 국화와
둘이서 통째로 먹었다고

* 이정보 : 조선중기 학자, 국화꽃을 두고 오상고절을 시화함.

맹물 먹은 죄

"꼬리를 자르세요"
그 말
들었나 보다
검은 봉지 속에서
노랗게 떨고 있다
하얀 내 손도 가늘게 떨린다

맹물 먹은 죄밖에 없다고

쌀 한 톨 먹어 본 적 없다고
노랗게 뜬 얼굴
고개를 떨구며 항변이다
부러질망정 굽힐 줄 모르는 허리
가는 뼈 하나 내세워
긴 다리에 힘을 주고 있다

멈칫거리는 내 손길
손톱 끝 이슬이 맺힌다

태양을 식혀라

매미가 고발당했다
폭염 가중 죄에
수면 방해죄로

그제 서야 사람들은 수군댔다

7년을 지하에서 연구만 했다는데
여름을 식히기는커녕 소음공해만 된다고

이번엔 미국이 나섰다 터치 더 선
7년을 작정하고 저 불덩이 태양 속으로
이카로스의 꿈은 이뤄질려나

매미가 울지 않아도 될려나

향기에게 물어봐

모서리에 부딪쳤다
오래된 책상에서
새삼 발견한 모서리
책상은 모서리가 있다

제 안에 무언가를 채우려는 것들은 다
모서리가 있다

서랍장이 그렇고 책상이 그렇고
냉장고도 모서리가 있다
내 안에도 언제부터인가 모서리 하나
자라고 있다
담는다는 건
비워야 될 것을 채우려니 모서리가 생긴다
반창고를 붙여보지만 흉해서 떼어낸다
봄비에 내 놓아도 젖지 않는 모서리
모서리는 모서리
무르거나 포실하거나
문득문득 피어나는 모서리 깨어진 사금파리처럼 뾰족하다

대패나 톱을 부를까 하다가
라일락 한 그루 떠오른다
식초에 산호가 녹듯
향기로 너를 버무리면 무뎌질까
비탈진 언덕에 삽질을 해봐야겠다

어느 서슬

학인진이다
흰 돛을 세우고 늘어선 여름
떼로 밀려오고 있다

서슬에 뒷발질도 못해보고
상여 뒤 따르는 상주처럼
꽃잎, 잎잎이 떠나가는 봄

푸른 바다가 알몸을 드러낸다

떠나는 것들이 내어준 자리를
일시에 채워버리는 점령군

아카시아 꽃이 남겨둔 향기를
순식간에 지우며
물 냄새를 심고 있다

봄을 향유하던 이들은 연방
제 기억을 지워버린 걸까

밀어내고 밀려드는 것들은 제 심장의
빛깔을 알기나 할까
밀려나는 것들이 어디 봄뿐이랴
저 무수한 빌딩 속의 의자들

무심히 계절의 자리 바뀜을 바라보며
나는 어느 절의 주인이 바뀜을 생각한다

빨리 가는 종착역은 어디일까

세월이 빠르다고
한탄하면서
자동차보다 더 빠른
전철을 타고 가네
할버지도 할머니도
전철을 타고 가네

저기, 여섯 살 아이도 타네

저 아이는 커서 언제쯤엔
눈 깜작할 사이에 당도하는
그런 光線 지하철을 타겠지
세월의 빠름을 한탄하면서

감로사 별곡

초파일에도 밭둑만 걷던
사미승
무릎 치는 소리
구름도 내려오고

법당 뒤 감로수
맑고 고운 하늘빛 향기
뒷산도 내려오고

갈잎 떨어지자 온 경내
국화꽃 가득 피어나는 소리
새들도 모여들고

감로사 혜총 큰스님
고요한 부처 미소가
등을 다독이는 햇살로 번지는 오후

통도사 별곡 1

통도사 뒷산 도토리나무
제 품에서 키운 도토리 다 내어 주고
청청히 푸르던 몸
핏기 잃은 잎사귀 되어
빈주먹 움켜쥐고 떠날 채비를 한다
햇살은 자꾸 어제로 접히고
가을은 초침보다 더 빠르게 재촉을 해댄다
안타까운 마음
쓸쓸히 비는 내려
입술을 적셔주네
주먹을 펴고 마음을 다시 열어보네
잎들의 서러움을 다 기억하고 있는 뿌리는
제 가슴에 실금을 그어 쟁이고 있다
촉촉이 눈시울 붉어지고
온기가 물안개처럼 피어나는데
잠은 죽음과 어떤 차이가 있는 걸까
가냘픈 미련 하나 꿈틀거리는데
자꾸 잠 속으로 빠지려는 이 우울
"생멸의 집착을 놓아라

．

제행무상 제법무아"
막 법당 앞에서 마주친 바람과
풍경이 이구동성 입을 맞춘다

우리는 얼마나 오래 사랑할 수 있을까

진짜 교주

울 아버지 농사짓고
사랑방을 내어
허기진 과객들 쉬어가게 하셨지
가난한 이웃들
보릿고개 숨 가쁠 때
쌀 됫박도 나눠주셨지

마당의 꽃들이 울 아버지 본을 받아
밤낮없이 뚝딱거리며 따뜻한
사랑방 만들어
송글송글 땀 흘리며 퐁퐁, 콩콩, 촤르촤르
긷고 찧고 빻아
꿀방을 열어놓고
대책 없이 놀기만 하던 벌 나비
불러 모아
월동 준비하는 법도 가르쳐 주고
새벽이슬 동살에 꿰어 모아
시가 되는 것도 보여 주네

중국 우한에서 발생한 코로나19 바이러스에 의한 생명의 위협은 일시에 전 세계를 공포로 몰아 넣었다. 아직도 진행 중이다. 이 와중에 드러난 신천지 교회. 이 교회 또한 우리 사회에 무리를 일으키고 그 파장이 컸다. 종교란 본시 죽음이 두려운 연약한 인간을 위해 만들어진 것. 종교가 우리 사회에 미친 순 기능은 크고 많다.　그러나 가끔 그 종교를 악용하여 사특하게도 자신의 사욕을 채우려는 아주 질 나쁜 교주가 있다면 슬픈 일이다. 배척해야 할 일이다. 개인을 위해서도 사회를 위해서도 큰 해악이 아닐 수 없다. 사회의 한 병리현상이 되어 있는 특정 교의 행태를 보면서 필자는 시골에서 농사지으며 선비정신으로 포덕양화를 실천하신 마을의 큰 어른이셨던 아버지를 떠올렸다. 교라는 간판 내걸어 앞에서는 말로 유창하게 설교하고 뒤에서는 자신의 사욕을 챙기는 것이라면 종교요 교주라 할 수 없을 것이다. 그야말로 사이비다.

　울 아버진 교회 한 번 가신 적 없고 절에 한 번 가신 적 없으시다. 높은 벼슬을 하신 것도 아니시니 큰 권력은 더욱 갖지 않으셨다. 오직 자신의 위치에서 사람들이 찾아오면 공자와 맹자의 정신을 일깨우셨고 몸소 행하시며 베풀고 사셨으니 존경은 자연스레 받으셨다. 아버지 가신지 오래지만 지금도 고향에 가면 마을 사람들 달려 나와 내 손을 서로 잡고 우남어른 사실 때... 우남마님 사실 때...한다.

　필자 또한 평생 아버지 가르침을 종교처럼 마음에 새기며 살고 있다

참새가 혀를 차다

공원에서 비를 만났다
곁에 있던 후박나무 잽싸게 우산이 돼 주었다
여름날은 그늘이 돼 주던 착한 나무여
나도 누구에게
우산이 돼줘야지 생각는데
그 아래 찢어진 복권 한 장 누워있다
누가 나무 아래 앉았다 갔나 보다
오백 원으로
억대를 꿈꾸던 제 욕망
좌절에 대한 화풀이만 했나 보다
그걸 본 참새 한 마리 쯧쯧
혀를 차고
눈살을 찌푸리던 나무는 바람을 부른다
시체가 된 복권 조각 좀 치워달라고

누군가 또
쉬어 가게 해야 한다고

제2부

※ 중국 연변 국제학교 초청강의 모습

코로나 풍경

거리엔 가끔
가면극을 하는 사람들 한 둘
나타났다간 연방 사라지고
무대가 너무 허전해 보였던지
가면을 미처 준비하지 못한 바람
서둘러 지나가고
입술만 가린 햇살도 거리 두기에
무대까지 내려오지 못하고
주춤주춤
눈망울만 똥그랗게 뜨고 겁에 질린 벚
3월엔 웃겠지?
질문에도 굳게 다문 입술 떼질 못한다

마스크를 씌워줘야 겠다
지금은 마스크를 쓰고 말하는 계절

꽃들도 가면극을 할 수 있을까

사전에도 없어질 거야

남편 죽고 90일
또 시집간다 보톡스까지 맞았단다
문득 내 유년시절 어른들께 자주 듣던
윗대 할머니 얘기 떠오르네
손가락 단지했던 열녀 할머니에다
전처 자식 위해
처녀 젖을 먹였다는 재취로 시집온 증조할머니
얘기에다
그 자식이 커서 한양에 벼슬을 갔었는데
임종 전 그 자식 보고 싶어
눈 못 감고
짧은 숨 길게 참으며 기다렸다고
벼슬 간 그 아들이 말을 달려
내달으니
손을 꼭 잡고 그때서야
눈을 감더라고
그 아들이 벼슬을 사직하고
낙향하여
밤낮으로 증조할머니 산소를 오르내리니

마을 사람들이 나서서 길을 닦아 주었다고
그 길이 수대동 가는 저 길이라고
우리 집 어른들은 가문의 영광처럼
엄숙히도 말씀하셨다
내를 건너 들을 따라 산기슭으로 이어진
그 길
지금은 어느 열녀, 어느 맹모와 어느 효자가
그 길을 걷고 있을까 그 길을
다니는 이나 있을까
그 열녀와 효자의 근본은
자본주의 물질 본위에 밀려나고
4차원 산업사회 개인주의에 내몰리고
혼 밥 혼 술이 대세인 이 세상에서
열녀란 말 효자란 말
희귀해진 말
언제 내 몰릴지 몰라
사전 속 책갈피에서 덜덜
떨고 있다

꿈꾸는 새

천사는 날개가 있다는 말에
자신의 날개를 만져보았다
부드럽고 가벼웠다
하늘과 땅
불현듯 물먹은 콩나물처럼
의문이 자꾸 솟아올랐다
하늘에
떠 있는 저 뭉게구름을 만져보고 싶고
그 너머에 대한 견딜 수 없는 호기심
자신의 날개를 믿어보지만
쉽지 않다
날마다 지쳐 돌아와도
공허만 가득 안고 돌아와도
포기할 수 없어 밤잠을 설친다
휘어져도 바람에 위태하여도
꼭대기 가지에 앉는다
그 마음을 아는 날개는
어루만지듯 등을 감싼다
전선처럼 나무가 떨린다

가늘게 들려오는 전언
깊은 뿌리의 소리였다
지상만한 곳이 없어요
내 스승이 므두셀라*예요

* 므두셀라 (소나무의 일종) : 4900살 이 나무의 특징은 100년 동안에 3cm 밖
　에 굵어지지 않는다 한다. 미국 캘리포니아의 하이트산에 있음.

뒤따르는 소리, 아름답다

앞집 아저씨가 가셨다
안테나 하나 꽂고 살았던 사람
방향은 언제나 우리집
비 오는 날이면 스프링처럼 튕겨
우리 집부터 달려와 주던
그때마다
자기 집 비 설거진 누가 했을까
마당도 안방처럼 쓸어주시고
무거운 걸 들 땐 소 웃음으로
얼버무리고
가벼운 걸 들 땐
배추 속잎처럼 웃던 아저씨
가실 때도 그렇게 웃고 가셨을까
울 아버지 울 엄마 가시고 난 뒤
은사시낙엽처럼 구르며
서둘러 따르자고 했을까
비 오는 오늘은 거기서도
비 설거지 해 주고 계실까
작은 논마지기 같은 아저씨

알곡 같은 그의 발길 뒤에
아버지 칭찬소리 황금들판처럼 들린다

물고기의 꿈

물고기는 그날의 트라우마가 있다

바다는 제품엣 것을 지켜주지 못할까봐 긴장의 연속이다
사람들은 물의 상처를 모른 채
기억을 못할 거라 믿지만
물의 기억은 투명하다

인간이 던진 그물을 피해 물고기를 숨겨줬던 바위
바다는 제 혓바닥으로 부드럽게 바위를 핥아주고는
힘없이 쓰러진다

부지런히 찾아온 바람은 다시 바다를 일으켜 세운다
 돛배가 그 바다를 싣고 민달팽이 은빛 길을 내듯 허연
이랑을 내며
 달린다

물고기는 바다를 이끌고 어디론가 가 보려고 했다
 인간의 손길이 닿지 않는 곳
 가보지 못한 북해도

아니 천상의 은하를 꿈꾸어 본다
어디선가 태풍이 온 날
'이 때다' 하고 파도를 타 보지만
같은 영역을 벗어나지 못했다
아득히 어지럼증만 견뎌야 했다
그래, 지느러미,
지느러미를 키우면 날개가 될거야
제 지느러미를 더 키워야겠다고
앞가슴 지느러미 벌렁거리며 두 주먹 쥐어 본다

아버지의 나무, 어머니의 꽃

나는 걸어 다니는 나무다
나를 이 땅에 심어놓은 건
오래전 심겨진 내 어머니와 아버지가
그 유전을 물려주기 위해
뿌린 한 톨의 씨앗
하늘의 옥천수와 깊은 땅의 지기를
뽑아 가꾸실 제 눈부신 꽃을 보려는 부푼 꿈 하나
꽃으론 그린 장미를
향기론 만리향을 품은 백합이기를 바라셨으리
꽃을 보지 못하고
열매를 보지 못하고
떠나실 때 눈 못 감던
그 아쉽고 간절한 안타까움
나는 아버지의 쓰리게 애만 태운
어머니의 눈물로 남긴 꽃나무였다
무한한 향기를 꿈꾸는
한 방울의 눈물마저 다 떨구고 가신
한 방울의 핏기마저 다 주고 가신
내 부모님의 꽃나무

이 아침
저 금루각 실낱같은 꽃이 내뿜는 향기를
맡으면서 아직 어리다고만 생각던 그날이 아프다

나는 얼마만큼 세상을 밝힐 수 있을까

바람 부는 날

"포켓에 돌을 넣고 다니세요"

바람 부는 날이면 당신을 걱정해요
"에이, 그대가 내 포켓에 들어오면 더 좋을 텐데"
서로 크게 웃었다
돌은 어느새 포켓 아닌 내 요로에
들어와 있었다
눈치 채지 못한 나
예의범절을 모르는 돌
물길을 막고 있었으니
싸움이 벌어지고
정의로운 심판관은 근엄하게 돌을 쳐부숴야 합니다
한 번에 끝나지 않을 수도 있습니다
얼마나 많은 총질을 했을까
30분의 긴 전쟁이 끝나고
9미리의 돌을 동반한 태풍에
휘청거린 40kg의 내가 부끄러워
망치질한 의사에게 눈을 찡긋해 보였다
힘이란 덩치와 비례하는 게 아니라는

걸 깊이 깨닫는 순간

제갈량의 꾀에

사마의 10만 대군이

무참히 돌아간 어이없는 그 전투가 떠올랐다

세월이 흐르는 줄 모르고

1

겨울밤은 추워서 더디 가고, 여름 낮은 더워서 더디 가는 줄만 알았다.

봄은 꽃과 새소리에 시간 가는 줄 모르고, 가을은 구르몽의 시몬을 부르며 세월 가는 줄을 몰랐다.

오랜만에 찾은 부모님 산소길

국화꽃 구절초 꺾어들며 내려오는데, 동구 밖까지 따라나온 고향의 인정이여,

한 손엔 마늘 봉지, 한 손엔 고구마 자루, 뉘 손엔 찹쌀자루, 뉘 손엔 팥 봉지,

앞집 아지맨 참깨 봉지, 뒷집 아저씬 잘 익은 고추자루

저마다 "우남어른 살아계실 때", "우남마님 계실 때 .... " 한다.

어머니 아버지가 심어놓은 인심이여

아, 두 손을 마주잡고 놓지 못하는 고향이여

2

네 예쁜 얼굴 어디 갔느냐고, 오랜만에 와서 그냥 가냐고
고향은 내게서 예쁘던 그날의 옥공주를 찾지 못해 애석
타 한다.

깨꽃같이 청순한 소녀를 중년의 여인으로 만들어 버린
무정한 세월이여,

너는 내 고향에도 속절없이 다녀갔구나.

청솔처럼 푸르던 동네 아저씨, 구절초 같은 동네 아줌마
들 어디가고, 서리 맞은 백발의 갈대만 서걱인다.

애잔한 눈시울 자꾸 하늘가에 능소화로 피어난다.

그래도 좋아라.

울 부모님 사시던 내 유년의 그 집, 대문 곁 청청하던 그
감나무 고목이 되어도

자갈길 흙길이 시멘트 길이 되어도 변할 줄 모르는 인정
이 사랑이 홍수로 밀려온다.

십리길, 콜택시 아니면 걸어야 했던 길, 집집마다 자가
용이 문전에 서 있고

들판 논길마다 경운기 대신 승용차가 서 있는 내 고향
들판이여, 달라진 풍경이여

울 아버지 즐겨 읊으시던 '청산리 벽계수'는 수이 가서
그날의 옥 공주는 찾을 수 없어도
인심도 인정도, 사랑도 그대로 거기에 있었다. 내 고향
그 곳에

포근한 어머니 젖가슴 인 듯 탯줄인 듯

등 뒤에서도 그립다

알고 있니?

아가의 속살 같은 고운 얼굴
우아하게 웃고 있는 장미여

너는 아니

울타리 친 줄기의 염려를

가시의 긴장을

저 핏기 없는 뿌리의 노동을

알고 있다

계절은 서릿발 같은 추위를
슬그머니 펼쳐놓고 눈치를 살핀다

옷자락을 여미며 골똘하던 연못
보호막을 쳤다
물의 표면을 얼게 하여
바람부터 막아섰다
제 품에서 노는 잉어 붕어들을 위해

춥지 않은 물이 어디 있으랴

강물은 추워도 얼 수가 없었다
수심을 다하여 불을 지폈다
자신을 건너갈 나그네를 위해

춥다고 모피로 온몸을 감싼 이들
그 곁에 섰던 나목들이 물끄러미
바라보고 있다

다 안다는 듯 박꽃 같은 미소를 짓는 하늘
봄을 서두른다 눈치 빠른 복수초 앞장을 선다

네가 평화주의자

어느 가난한 이의 저녁, 허기진 배에도 김밥 두 줄
산해진미 다 나오는 화려한 호텔의 뷔페에도
고급 일식요리 상에도 빠지지 않는 김밥
너는 평등주의자구나

어릴 적 유별나게 까탈스런 내 입맛에도 어머니는 김밥
으로 달래셨지
점잖은 상차림이 아니면 수저를 들지 않던 우리 아버지
도 싫어하지 않으신 김밥
너는 보편성을 추구하는 지혜를 가졌다

공원의 푸른 잔디밭 가족소풍, 빙 둘러앉은 그 화해로움
그렇구나!
남북회담에도
원탁 테이블에 둥근 김밥으로 만나면 어떨까
김밥의 저 중심을 보아라
자신의 고집을 내세우지 않고 조화롭게 포용할 줄 아는
그의 중심에 서 있는 노오란 단무지
오랫동안 입안을 맴돌며 독특한 향기를 풍기는 김치나

설한풍처럼 혀끝을 에이는 매서운 칼바람 땡초가 아니다
　혁명의 깃발처럼 핏빛도 아니며 평온과 안온함을 추구
하는 노오란 빛깔로 말한다. 오밀조밀
　누구와도 잘 어울리는 성품을 가진 너를
　　평화주의자라고 불러도 좋으리라

　사람들아
　우리의 삶도 이와 같은 것
　너무 힘없이 약하게 말면 잘 썰리지 않아 모양 나지 않
으며
　너무 힘을 주어 세게 말면 옆구리가 터진다네

　김밥, 아,
　너는 말없는 평화주의자

찔레꽃 피거든

오늘도 어제도 아니 만나고
찔레꽃 피거든 그 때 만나요

연미색 꽃잎의 속살 같은 고운 살결
잡힐 듯 잡힐 듯, 애련한 그 그리움으로 만나요

우리 사랑 시샘하는 티끌 같은 저들이
제풀에 쓰러지면 그 때 우리 만나요

초록이 땅속에서 꿈을 꾸듯
안으로 안으로 사랑을 키워요

초록의 뿌리들이 땅속 깊이
밤낮으로 물을 길어 올리듯

내 그리움이 당신의 혈관을 타고 돌고
당신의 사랑이 내 심장에서 가지를 뻗어

초록이 천지사방 제 꿈을 펼칠 때

마디마디 그리움, 꽃으로 피어낼 우리 사랑

애절한 그리움에 절여진 하늘빛 향기
지상에 둘도 없는 그런 꽃을 피워요

장미가시 1

나를 꺾지 마세요

나도 이 창으로
당신을 찌를 거예요

신문

수다쟁이 아낙네
새벽이슬 밟으며 이집 저집 뛰어다니며
밤새 벌어진 세상 얘기 전하고
벌건 대낮엔 늘어진 낮잠 속에
궁리가 많다
홀로 사는 할머니 라면 값이 되어줄까
밤 지하도로 달려가 뉘의 이불이 되어줄까

오늘도 그녀는 몸도 마음도 바쁘다
온몸에 세종대왕의 문신을 새긴 채

그래 세종대왕은 노복들 산후휴가도
제정했다지

장미가시 2

애처로워라, 기특도 하여라
어린 장미여
너는 어찌 나면서부터 세상을 알다니
나는 오늘에야 알게 된 세상을

너는 세상사 내 선배
네게서 지혜를 얻어 볼까
네 향기는 100년산 포도주보다 더
감미롭고
네 얼굴은 클레오파트라보다
양귀비보다 더 아름답다
그런 네게 애석한 가시여
솟구치는 화산을 갈비뼈로 눌러놓고
견딜 수 없는 긴 번민의 밤
깊은 바다 속을 얼마나 헤매었을까
컴컴한 하늘을 얼마나 더듬었을까
이리도 보드라운 네 피부
티눈 같은 가시여

꽃집 아줌마는 네 가시를 시퍼런 가위 등으로 제거하려
했다
"그냥 두세요" 내가 소리쳤다

지금껏 누구와 밤새워 나눈 적 없었으나
오늘밤은 너와 함께
새워보련다
꽃 중에 꽃으로 서기까지
얼마나 많은 가시를 세웠더냐

바람

바람은 이별 연습을 하는 걸까
일일이 포옹하듯 얼굴까지 비벼보곤 스쳐간다
우우 속울음 울면서

바람은 전생에 무슨 감독관이었을까
제대로 단단히 잘 서 있는지 잘 붙어 있는지
일일이 밀어보고 흔들어 보는 습관을 가졌다
그새 부실한 것들은 넘어지고 떨어지고

바람은 성악가의 영혼을 가졌나보다
어떤 때는 바리톤
어떤 때는 테네
어떤 날은 소프라노로 불어댄다
나는 무음으로 흥얼흥얼 부는 바람이 좋다

바람의 나이는 몇 살일까
목쉰 소리를 낼 때가 많다

난 바람에게 겨울바람이 되지 말고
여름 바람이 되라고 권하고 싶다

초심

– 민달팽이

한 뼘 누옥은커녕 실오라기 하나 걸친 적 없다

바람이 불어도 폭우가 쏟아져도
맨몸 그대로
유월의 태양 아래서도
시월의 달빛 아래서도
맨몸 그대로
저마다 화려한 의상을 걸치고 내 앞을 지나갈 때는
주춤 거린 적도 있었다

화려한 의상 하나 왜 그립지 않았겠는가
폭우가 쏟아질 때 의지할 처마 밑이 어찌 그립지 않겠는가
그럴수록 더 나를 다잡았다

태어날 때도 맨몸이었다고

미생지신

우리는 얼마나 사랑할 수 있을까

중국 전국시대 사마천이 쓴 사기에 미생고의 신의에 대
한 이야기
사랑하는 여인과의 약속을 지키기 위해 폭우 속에서도
끝까지 기다리다
홍수에 휩쓸려 죽었다지 소진은 그의 신의를 칭송했는
데
장자여 그대는 미련타 했는가

어떤 이는 이 세상 마치는 날까지 … 하더니만
새벽에 들은 말 아직 해도 안 떴는데
어떤 이는 새 세상에서 만나면 잡은 손을 놓지 않겠다고
도 하나
새 세상은 있기나 한 건지 …

미생지신이여
너는 어디에 있는가

제3부

담양 대숲

하늘은 옷고름만 보인다 세상을 온통
푸른빛으로 물 들여 줄까 궁리라도 하는 듯
가도 가도 대숲이다
어느 예인이 젓대를 부나
저만치 가면 피리 소리
또 저만치 가면 대검 휘두르는 소리
어느 한 맺힌 영혼이 대검을 연마하는가
불쑥, 전봉준이 서 있다
고부군 농민들의 죽창이 되었던
저 곧게 오르는 대나무를 본다
가렴주구를, 탐학을 그냥 볼 수 없어
괭이 대신 쥐어졌던 대나무의 곧은 성미, 그 절개
틈새만 노리던 저 섬의 살쾡이
왜의 총구 앞에 허망이 쓰러진 죽창의 분노가
부르르 떨며 일제히 우레 소릴 낸다
내게 전달되는 뜨거운 전율
그날의 영혼을 위무하듯 대나무를 어루만지다
돌아보니, 남도의 정
쉬어가라 의자가 고개를 끄덕인다
저 참한 죽부인을 모셔 가야겠다

새로운 대한을 꽃피우자

깨어나라
일어나라
지금이 벼랑이다
눈물을 흘리고만 있을 때가 아니다

돌아보라
36년의 외세강점에도 기어이 일어섰던 우리
동족상잔, 하늘이 무너지던 그 통한의 순간에도
슬기롭게 일어섰던 우리,
한강의 기적을,
민주의 햇불을 높이 들었던 우리가 아니더냐
2002년의 지구촌을 감동케 했던 금빛다리와 붉은 악마,
그 신화를 만든 우리가 아니더냐

지금은
심장에서 솟구친 붉은 눈물을 딛고
가슴에서 솟구친 분노의 화살을 안으로 돌려야 할 때
시위의 촉을 피하지 말라
커튼 뒤에 숨는 자 누구인가

인정하라

너와 나 모두가 잘못임을 인정하자

예리하고 냉철한 푸른 활촉으로 환부에 명중하자

교육, 법조, 종교, 기업과 정치, 관과 군, 정부와 청와대여

그대들은 존재 이유를 아는가

이제 제자리로 돌아가라

번질거리는 철 가면을 벗어던지고

악취 나는 검은 종기를 과감히 도려내라

안개 같은 휘장일랑 걷어내고 유리알 거울을 달자

장밋빛 희망은 루비 빛 신뢰 속에 영그리라

사회는

수정 같은 양심과 백합 같은 순결함으로

도덕적 해이를 반성하고 책임과 의무를 다하자

진보는 보수를

보수는 진보를 건너 화합할 때

하나 된 하늘 눈부시게 열리고

온 국민 가슴 가슴마다에

무궁화꽃 피어나
그 향기 지구촌을 덮을지니

사람들아, 우리 서로 따뜻이 손을 잡자
우리의 자손 대대손손이 행복해야 할 터전
감격의 새로운 대한민국을 꽃피우자

지혜의 시민이여, 민주의 시민이여
잠들지 마라, 뒷산 부엉이도 깨어 있다
지혜의 눈, 번뜩이는 눈초리로 감시자가 되자

지금은 벼랑이다. 우리가 살길
대한민국 대 개조, 변혁의 길로 주저 없이 나아가자

* 세월호 사건이 있고 난 후 전국 시민단체와 4대 종교단체가 모여 각성과 반성
  의 깃발을 높이 드는 대회를 열 때 행사시로 낭송하다.

직지의 노래

왜 버렸을까
태어나게 해 놓고

일찍이 나는 팔려갔느니
아득한 그날
막막한 뱃길 콜랭드 플랭시 손에 이끌려
남의 나라 프랑스로
파리한 입술
속절없는 설움 안고
팔려갔느니
초롱한 눈망울 붉게 뜨고
백운 경환스님을
석찬, 달잠, 묘덕을 잊지 않으려 가슴으로 새겼다
까마득한 하늘이 천 번을 바뀌어도
나의 조국은 까맣게 나를 잊은 채
반성도 없이 부끄럼도 없이
초등학생마저도 쿠텐베르크를 달달 외우기 얼마던가
인류 기록 역사마저 뒤바뀌는 슬픔이여
1999년 무얼 안다는 듯 미국의 라이프 잡지사가

인류 천년 역사상 가장 큰 영향력을 행사한 1위

최초의 금속활자가 쿠텐베르크라고

빛나는 왕관을 그에게 씌워줄 때

나보다 78살이나 더 어린 쿠텐베르크

"이 세상에서 내가 제일 어른이다

나는 인류 기록문화의 으뜸, 문화의 어머니다"

천둥 같은 소리로 세상을 흔들 때

태평양과 대서양 바닷물이 몽땅 내 머리 위에 쏟아진

태양보다 더 큰 불덩이가 빛의 속도로

내 가슴에서 솟구친 아, 그날,

78개의 갈비뼈로 내 가슴 억눌렀느니

고아의 신세로

남의 나라 도서관 깊숙이 홀로 갇힌 금고 속

어둠이 나를 제 것 인양 쓰다듬고

하늘의 코고는 소리만 들릴 때도 나는 잠들지 못했다

맨발의 현자는 땅바닥만 보고

붓을 든 석학도 그저 묵언 뿐

최첨단 현미경도 우주를 탐험하는 망원경도, 그대들도

나를 찾지 못하더라. 알지도 못하더라

나는 울지 않았다

오리라, 나를 알아보는 눈 밝은 어느 현자가 꼭 나타나리라

내 눈물이 폭우처럼 쏟아져도 좋을 날

그 때 나는 천둥처럼 울리라

나의 기도가 잠자던 하늘을 깨우고

천상의 고통도 구제하는 여의륜관음처럼

도서관 사서란 이름으로 찾아온 박병선 박사님

마른하늘에 무지개 띄우는 기적을 가져온 당신

나와 함께 당신의 이름도 영원하리라

내 본적지는 고려

내 이름은 직지심체요절

지구상 최초의 금속활자

2001년

아, 세계 기록유산에 입적되던 날

태양은 동쪽에서 확실히 뜨고 있었다

고려 천년의 꿈

나는 지구상 최초의 금속활자

내 이름은 직지

부산 속의 아시아

고령에서 태어난 작은 나라
철의 나라 대가야
그는 바다가 두렵지 않았네
바다를 열어 왜와의 교역을 주도 하니
섬나라 일본은 대가야를 사모했네
그렇게 그렇게
1500년 전에 피웠던 한류의 꽃
천년을 가지 못한 한류의 꽃이여

파도 높은 바다에 수장되었네
세월은 파도에 겹겹이 묻혀버리고

백제를 거쳐 고구려 신라여
천손의 후예인 우리 민족
만주벌까지 넓히던 고구려
불교문화가 눈부셨던 신라
하늘에 뜻을 전하는 백제의 음악
일본이 넋을 뺏겨도 당연하였다

고려는 다시 이씨조선의 왕조를 낳고
왕조 500년 말의 슬픈 역사여

1905년 가쓰라 – 태프트 밀약
그날의 억울로 피눈물을 머금은
제주의 왕벚꽃이여
분노의 역사를 되새김하며
붉은 눈시울로 워싱턴의 디씨에서
올해도 한없이 가슴을 적시더냐

대마도의 쪽발이가 역류해왔던 1910
36년간의 게다짝 소리에
몸서리치던 한반도

파도야 늘상 치는 것
해방 60년이 강물처럼 흐르고
욘사마 한 예인이 있어
한류 꽃에 다시 불을 지피니
그 불꽃 크게 크게 번져서

여기 저기 일본에도 중국에도
대장금의 이영애도, 태양의 후예 송중기도
너도 나도 꽃을 피워
세계로 나아간다 아시아로 나아갔다
세계가 몰려온다 아시아가 몰려온다

2016 부산 원 아시아페시티발
불어라 바람아
날아라 연이여
하늘은 높고 세계는 넓단다
광안리 불꽃축제 폭죽의 소리도 드높여라
유럽인도 동양인도 너도 나도 몰려온다

역사여
이제 그 꽃, 시들게 하지 마라
아시아의 중심 부산,
아니 아니
부산 속의 아시아가 되게 하라

*2016 원아시아 페스티발 축시

진정한 영웅이여

하늘이 무심 했을까요

푸른 산천초목 시샘한 광풍이 몰아쳐
조국의 운명은 풍전등화
산천초목이 어둠에 떨 때
뜨거운 젊은 피로 조국을 구하리라
어둠을 몰아내고
부모형제 지키리라
망설임 없이 뛰어든 임들이여
그날의 기개여

임들은 드높은 기상을 가진 대한의 아들
조국을 지키기에 붉은 목숨 기꺼이 바친
대한의 소중한 아들이었습니다

꿈과 이상은 백두산과 한라산에 걸어두고
임들은 어리디 어린 꽃띠 소년병
검은 화염 속에 쓰러질 때 피 토하며 절규하던
어머니 어머니 .....그 소리

지금도 들리는 듯합니다
그러나 임들은
가장 용감했던 조국의 수호신
뜨거운 피 붉게 뿌렸던
천추에 빛날 진정한 영웅이었습니다

그러나 슬펐어라 어찌하여
반세기를 지나고도 더 많이 흐른 세월
분단과 분열로 우리를 휘감던 먹구름
불완전한 꿈속에서 가슴 졸이던 우리

아,
우리의 염원이 하늘에 닿았을까요?
조국평화를 위한 임들의 그 정신, 그 정신,....
보셨습니까
4.27 판문점서 태동한 훈풍은*
싱가포르에서 행여나 꺼질세라 조심조심 세계로 향하여
첫발을 떼기 시작했습니다.

부르기에도 아까운 님들이여
그날의 임들이 있었기에
오늘의 우리가 있고
이 훈풍도 태동할 수 있다는 것을 우리는 압니다.

지켜보소서
저 북극성처럼 찬연한
임들의 조국사랑 그 정신이어
이 땅의 평화 우리가 지키겠습니다
세계 속에 한국 우뚝 세우겠습니다

지켜보소서
후세에 길이길이 전하리니
임들은 조국 평화의 수호신이라고
대한의 진정한 영웅이라고 .....

* 4.27 남북 두 정상 판문점회담과 6.12 싱가폴 북미정상회담을 생각하며 6월
  보훈의 행사 낭송.

진정한 영웅이여 1

"천만금을 주어도 친일은 하지 말라"
목숨과도 같은 김택진 님의 말씀 어찌 잊으리이까

지옥을 넘나들던 고문 속에서도
"대한독립만세!" 피를 토하며 절규하던 임들의 그 소리
지금도 들리는듯합니다

절망의 터널, 죽음의 계곡
역사가 단절된 암흑 속에서도
조국을 구하리라
푸른 목숨 기꺼이 바친 임들이 계셨기에
오늘의 우리가 있고 나라가 있다는 것을
우리는 압니다

나라가 절명할 때 부자가 자결한 유도발 유영신, 부부가
자결한 이명우 선생, 민영환, 황현 등 66인의 순절한 그
숭고한 정신
이준 열사 안중근 의사, 18세 어린나이로 옥사한 유관
순님

육사는 독립을 위해 17번을 죽고 또 죽었습니다
빼앗긴 조국을 찾기 위해 소중한 목숨 기꺼이 바친 임들
을 어찌 다 열거하리까, 어찌 잊으리이까
14333위의 영령들이시여
임들은 진정한 민족의 영웅, 대한의 수호신입니다

무자비한 폭력 앞에 나라를 찾기 위해
사랑하는 부모형제를 자식과 아내를 버려야 했던
그 얼마나 아득하고 외로운 길이었을까요
그 얼마나 목 놓아 통곡했을까요
아, 일만 사천삼백삼십삼 위의 영령들이시여
임들이 나라 위해 바친 고귀한 목숨
쌓이고 쌓여서 하늘에 닿고
화산 같은 붉은 피
흐르고 흘러서 바다에 닿았으니
천지가 감동하여
이뤄진 광복
서른여섯 해, 피의 고개를 넘고 넘어
되찾은 나라여

아, 그러나 슬펐어라

미완의 독립

신의 시샘이었을까요

남과 북을 갈라놓은 철조망은

어찌하여 그리도 견고하였을까요

조국의 독립을 위해 소중한 목숨 흔쾌히 던진

순국선열님들께 죄스럽고 부끄러웠습니다

그러기를 70년

아, 동백꽃보다 더 붉은 임들의 나라사랑, 그 뜨거운 정
신이 하늘을 깨우고 깨웠을까요

백두산과 한라산이 서로 애절히 부르는 저 소리를

들었을까요

보셨습니까

4.27 판문점서 태동한 훈풍은 싱가폴서 행여나 꺼질세
라 조심조심

평화를 향하여 그 발걸음을 떼기 시작했습니다

보소서

부르기에도 송구한 임들이여

지켜 보소서

그 암흑의 터널도 이겨낸 임들의 정신이여

이제는 우리가 이 땅을

통일된 대한으로 가꾸어

세종대왕이 만든 자랑스러운 모국어로

대한이라는 이름을 세계 속에 우뚝 세우겠습니다

대대손손

임들의 나라사랑 그 정신

길이길이 전하겠습니다.

임들은

진정한 대한의 영웅이었다고

임들은 진정한 대한의 수호신이라고

임들의 희생으로 우리가 있고

임들의 희생으로 이 나라가 있다고....

＊2018. 7.2. 벡스코 대강당서 독립유공자추모대제서 헌시낭송

돌려다오

창포물에 감은 머리
창포꽃으로 장식하고
맑은 강가에서 그네를 타네
한 번 구르면 꽃그늘 지나
두 번 구르면 꽃구름 위로 그네 오르고
설레는 처녀 가슴 노을빛으로 물드네
소녀야 꽃바구니 내려놓고 하늘 꿈을 꾸자
내사 이몽룡 꿈이라도 좋다

마을 총각들아
구릿빛 다리로 나오너라
꿈쩍도 않는 큰 산 같은 든든한 어깨로 씨름을 하자
동네 아낙도 남정네도 머릿수건 벗어들고
쌀섬아 콩섬아 오곡백과가 주렁주렁 열려라
풍년가로 기원하세

선비는 어디 갔나
아이야 먹 갈아라
하늘 길 높은 꿈을 단오첩에 써서 문설주에 붙이자

모시옷 치마 적삼 곱게도 차려입은 안방마님
외씨보선 살포시 내딛으며
단오선扇을 들고 나와 정을 나누네

아, 전설이로다
전설이로다

창포물에 머리 감던 낭자는 어디 가고
창포 삼푸, 댕기 삼푸 거품만 둥둥
맑은 물 흐려놓고

씨름하던 동네 장정
구릿빛 다리는 또 어디로 갔나
동구 밖 씨름판은 주차장이 되었네

누가 단오날을 기억하는가

풍년가는 불러서 또 무엇하리
중국쌀 미국콩 몰려 온다네

농사짓던 젊은이들 대처에 다 나가고
늙은 노인 남아서 마을을 지키기도 힘이 든다네

단오첩은 어느 누가 쓰겠는가
마음속 품은 꿈
높이 붙일 문설주도 없는데
붓은 찾아 무엇 하리
컴퓨터 활자키를 두드리면 되는 것을

부채는 웬 부채
기름 값이 치솟아도
앞집 뒷집, 이집 저집
여름보다 에어컨이 먼저 도는데

돌려다오
돌려다오
우리 어머니의 어머니 그 어머니가 사시던
그 풍경, 그 마음, 순정한 그 마음

* 잊혀져 가는 세시풍습 다시 찾기, 단오절 행사 축시낭송

소녀상을 보며

버려진 시절이
있었다

동서야, 그걸 넣는 거야
네, 이거 얼마나 영양가가 많다고예

쓰레기 통으로 버려지던 걸
구해준 자 누구였나

소녀도 끌려가기 전
구해줄 나라가 있었더라면
구해줄 의리의 사나이라도 있었더라면
어느 우직한 용기 하나 있었더라면

하늘은 뭘 했을까, 무얼 하고 있었을까

양파껍질도 식재료에 당당히 앉는데
꽃같이 청초했던 그날의
소녀야

안다
화산 같은 너의 분노를
산을 휘감은 저
검은 안개 같은 한을

미안 하여라 미안 하여라

이제 꽃신을 신으려므나
평화의 땅에
발꿈치도 편안히

제4부

뭔가 수상하다

동쪽 바다를 박차고 오른 태양은
허공이 도무지 두렵지 않나 보다

서서히 각도를 달리하는 저 집중도
뭔가 수상하다

무얼 관찰하기에
날마다 저리 불을 켜고선

라면과 우정

결혼은 사기다

아내가 라면을 끓였다
남자는
"라면에 물이 왜 이리 많아"
눈을 살짝 치켜뜬다
양은 냄비에 맛있게 끓여진 라면을
휘젓다가
한 사리도 먹지 않은 채
젓가락을 놓는다
(이런 땐 소리도 제법 둔탁해야 한다)
방문을 확 열고
밖으로 나온다
아내는 라면이 잘못 끓여진 줄 알고
안절부절 했다
어느새 그는 대문 앞에서
단축키를 차례대로 누른다

맛있는 저녁을 산다

자석처럼 조르르 몰려든
친구들과 웃으며 하는 얘기

"사실 물은 적당했어."

아내보다 친구가 더 좋은 그 남자

거류시인 만평매화원

그대, 서러워했나요
매화나무 한 그루 심을 땅 한 평 없다고

그대 넓은 가슴 펼쳐보아요
만평 땅은 될텐데요
은하수를 당겨 폭포를 만들까요
섬진강을 끌어다가 연못을 만들까요
그 위로 구름다리
그 곁에 정자 하나 세우세요
지리산 큰 소나무 은근 슬쩍 끌고 와
정자 곁에 세워두고
누렁이 한 마리도 붙들어 맬까요
공작새 두 마리도 노닐게 해야지요

백매 홍매 꽃피게 해요 만평 땅 몽땅

천지의 봄도 제일 먼저 올걸요
어머, 벌써 까치소리 나네요
누가 몽유매원이라 쑥덕대거든
시인아무개매화원이라 문패를 붙여요

꽃처럼 살고 싶다

꽃은 죽어도 아름답고
잎새들은 노년이 더 아름답다

꽃은 죽어도 수반 위에 앉히고
잎새들은 떨어져도 책 속에 모셔둔다

인간은 죽으면 멀리 산에다 꽁꽁 흙으로 잔디로 덮어버린다
늙으면 흉하다고 성형외과가 성업을 한다

가을 바다와 여인

하늘을 바라보던 골똘한 얼굴 살짝
틈이 비쳤다
불쑥
바다를 끌어당겨
바다를 덮고 누워버렸다
백사장은 슬며시 제 무릎 내어준다
파리한 입술 목덜미가 희다
당황한 바다는
멈칫멈칫
썰물이 되지 못하고
주춤주춤
밀물도 되지 못할 때

서녘 하늘 붉게 달아오른다

그대, 그냥 오소서

한 올의 바람,
한 잎의 혈맥이 흐르는 소리
길가 제비꽃 헛기침 소리에도
초사흘 별빛의 숨소리에도
내 귀가 먼저 일어서요

공민왕이 노국공주를 바라보듯
당태종이 양귀비를 바라보듯
그리 보지 않아도 되어요

나비처럼 살짝 머문 눈길로도
그대, 잠자던 호수
연분홍 물결이 일테니까요

나에게 미안할 때 있다

무엇이 나를 나라고 증명해줄까
이름, 그래 내 이름은 얼마나 나를 나로 증명할 수 있을
까
어떤 이는 이름 한자만 말해도 되고
어떤 이는 조상까지 다 끌어와도
안 되는 이도 있다
한 동기생이 내게 묻는다
우리 박사공부를 몇 년에 시작했어?
우리 교수는 몇 년에 시작했어?
응, 응, 음…
본인 스스로도 모르고 지나간 그 년도까지
알려 줘야 자기를 증명할 수 있나보다
남에게 확인해서까지 자신을 증명해야 한다면
그 증명은 이미 자신을 인정받기 어려울 것 같다
내 이름 석자는 도대체 몇 사람에게 나로 인정될까
몹시 궁금하다
이니셜만으로도 세상에 다 통하는 사람도 있는데 내가
모르는 나를 다 찾아내어야 비로소 나를 나라고 할 수 있
다는 거 아닌가

갑자기 울아버지 지어준 내 이름에게 미안하다

난 지금껏 어떻게 살아온 게야

활화산과 바다
　－ 하와이 용암분출을 보고

함부로 사랑을 말하지 말라

안으로 안으로

태우고 삭이고 삭이고 태우고 또 삭여도

억만년

더 이상 삭이지 못해

깊고 깊은 붉은 심장을

표효하며 열어젖힌다

오수를 즐기던 신神도 풍비박산

놀란 태양도 허공에서 가슴을 움켜쥐고

경기를 일으킨다

미루나무 참새소리 통째로 타버렸다

지구를 다 태우고 달굴 이 뜨거움

이리떼보다 더 무서운 불성이

스스로도 주체 못해

마침내 절망처럼 바다로 뛰어든다

네 품에서 한낮 돌멩이가 되어도 좋다는 듯

한 많은 사랑은 정녕

목숨마저 바쳐야 하는가

부지불식간에 화상을 입은 바다

화끈거리는 살 깊은 가슴을
감추려는 듯
몸을 크게 뒤척거린다

사랑이 죄냐고
퍼질러 앉아 울지도 못하고

내 첫사랑은 누구신가요

꽃잎에 손가락이 베어도
눈부시게 꽃이 피어나도
생각나는

어느 땐 당신이
어느 땐 당신이 만월로 떠오릅니다
어느 땐 동시에 떠오르기도 하고
내 생의 마디마디 떠오릅니다

당신은 애 머리 빗겨 줘라 하고
당신은 내 긴 머리를 연방 꽃으로 만드셨지요

당신은 내 좋아하는 요리를 하고
당신은 내 마중을 동구 밖까지 나오셨지요

내가 감기라도 들라치면
밤새 경쟁하듯 내 곁을 지키셨지요

내 첫사랑은 당신 같기도 하고

당신 같기도 하고

오늘은 손바닥만 한 먹구름 한 점 축축한 그늘을 만드네
요
당신은 안쓰러운 표정으로
내 등을 자꾸 쓰다듬을 것 같군요
당신은 조용조용 자애의 그 목소리로
공자의 예를 드실 건가요

당신도 당신도
내 첫사랑
내 목울대 뜨겁게 울컥케 하는
영원한 첫사랑

어느 날 하늘의 흰 구름을 바라보다 문득, 내 첫사랑은 어머니였을까 아버지였
을까 하고 짓궂은 생각이 들더군요. 첫 사랑이라기보다 나를 더 사랑하신 분이 어
머니와 아버지 어느 분일까 생각한 거지요.
나이를 먹고 어른이 되고, 아이의 엄마가 되고 세상을 알 만큼 살았어도 막내의
근성 때문일까요? 아직도 생의 마디마디 부모님 생각에 목이 울컥울컥 할 때가
많답니다. 좋으면 좋은 대로 힘들면 힘든 대로......
오늘은 지혜가 필요해서 아버지 어머니 당신이 그리웠지요. 어느덧 곁에 계시
지 않은지 오래인데도...... 이제는 종교가 되어버린 당신입니다.

아버지 웃으신다

사각사각
뽕잎 갉아먹는 소리
스삭스삭
책장 갉아먹는 소리

실실
구름처럼 안개처럼
실 토해내는 소리
카랑카랑
활자와 책갈피 토해내는
자음과 모음 구르는 소리
교실에서
학생들이 갉아 먹히고 있다
찌륵찌륵 파동을 일으키며
연신 부풀다 찌그러지다
싸악싸악 나를 갉아 먹고 있다
다시 탱탱해진다 풍선처럼

뽕잎 같은

시간을 갉아먹고 갉아 먹힌 시간들은
아버지의 땀내가 배어있는
아버지의 오동나무를 키운다
오음의 소리 또각또각 들려올 때
갉아 먹힌,
시간들이 두엄처럼 쌓여서
보이지 않아도 만져지는
탑이 되고 나는 그 위 구름처럼 좀 느슨해진다

맛은 사랑이 낸다

따뜻한 온돌방
어머니 품 속 같은 이불 속을 즐기고 있는 시간

새벽이슬 밭을 다녀오신 어머니
옷섶에 품고 오신 홍시 하나

닭장 문을 열고 나오시는 아버지
둥우리 속에서 갓 꺼내온
하이얀 계란 한 알
그건 언제나 내 몫이었다

징검다리 건너듯 흘러버린 세월

슈퍼에도 마트에도
쌓인 것이 감이고
계란이지만
어머니 아버지가 내미시던
그 감이 그 계란이 아니다

그 맛은 다 어디로 갔을까

이 가을 잘 익은 감홍시처럼
영롱한 그리움
계란처럼 살짝 건드려도 터질 것 같다

행복인가 불행인가

학내 연애로 말썽이 생겼다
내가 처음 발령받은 학교
조회시간 교장선생님 일장 연설 후
연애 한 번 못해보면 그것도 무능한 인생
이라 했다
그 말을 들으며 속으로
난 세상에서 제일 멋진 연애를 꼭 한 번은 할 거라고
다짐했다
다짐이 다짐으로 끝날 수도 있을까
징검다리 건너고 건너
대학 강단에 섰다
유부남을 지나
연하 남을 지나
연애의 계절에 서니
만인의 연인이라
불러주며
안된단다
공인이라서 안된단다
핑계를 들이대며

쇄기를 박는 사람들
나는 평생 연애 한 번 못해보고

그날의 다짐은 아직도 유효한 데

그래서 불행하고
그래서 행복한 여자

그랬으면 좋겠다

그대가 양떼를 치고
내가 야크를 친다 해도
그렇게 초원을 옮겨 다닐지라도
마주잡고
옮길 수 있음 좋겠다

제 아무리 넓은 초원일지라도
그대와 나 외면할 듯
양 끝일랑
서지 말자
부르는 소리가 들리는 거리보담
눈빛으로 말할 수 있는 거리라면
좋겠다
우리가
아무리 넓은 몽골 초원 위에 있다 해도

봄

온새미로 성실한 저 태양
겨우내 군불을 지폈나 보다
눈 녹는 소리

적막한 세상을 깨우는 풀 냄새
새싹들은 여린 손을 들어
일제히 함성을 지른다

추운 겨울을 웅크렸던 비
연둣빛 드럼을 치고

나는 위태롭다
자꾸
나비 같은 바람이고 싶어
안달을 한다

만물을 충동하는 봄, 나도 자꾸 들길에 나서고 싶다. 가슴을 칭칭 동여매어도 들썩이는데 이를 어쩌나! 국제신문 게재.

와인 한 잔

당신은 어떤 빛깔입니까?
내가 물었네

아침 이슬에 깨어나는 꽃잎처럼
가늘게 떨리는 저 눈빛

무화과 같은 모호함이여

보랏빛과 분홍빛 사이에서
봄날 솟아오른 노란 새싹처럼
수줍게 서성이네

상그랑!
진한 무지개 향기가 나네

난 그 감을 따려고 했네

내 고향은
지상의 무릉도원
길가에도
감들이 주렁주렁
사랑이 출렁출렁
가슴이 터질 듯 볼이 터질 듯
붉게 웃고 섰는 저 대봉감
바지랑대 들고 가는 아저씨 보고도
소쿠리 들고 가는 아줌마 보고도
반갑다 인사를 하네
콧노래 흥얼흥얼 파란 하늘에 뭉게구름까지 피우네

갑자기
몸을 움츠리네
내가 그 앞을 지날 때였네
잎 사이로 슬그머니 숨으려하네
앗 차,
들켜버린 게야 내 마음
....부끄러워지네

철학이 필요해

진지하게 생각해봐

공자 노자 장자 플라톤 아리스토텔레스 니체 디오게네스
그들을 다 읽었지
플라톤의 이데아의 세계는 있는 게 아니라 만드는 거야

세상의 추함도 갈등도 욕심에서 비롯되나니
그것을 내다 버리면 돼

갈증의 절정, 그 때를 택하는 거야
추위에 떨며 긴 겨울을 건너온 이들에겐 따뜻한 위로가
필요해
천지사방을 꽃으로 보여주는 거야
돌도 덩달아 꽃피게

엉덩이가 무거우면 안돼
적당히 아쉽도록
미련 없이 손을 흔들 줄 알아야 해
나비처럼 우아하게 나는 거야 일시에

절. 대. 로.
바지에 붙은 껌딱지처럼 미련을 두어서는 안돼
돌아보지도 마

불안과 염려 사이

해는 하루 종일
투망을 하더니
오후가 되자
물속에 산을 통째로 밀어 넣었다가
산 위에 바다를 올려놓았다가
변덕을 부리더니
새우에게 시비를 건다

너는 얼마나 더 넓어야
네 허리 펴고 살겠느냐

바다보다 더 넓은 지구를 통째 줄까
지구보다 더 넓은 하늘을 네게 줄까
하늘과 땅 사이 저 무한 공간을 네게 줄까

매화

봄비에 젖은 매화
얇은 입술을 파르르 떤다

연둣빛 치맛자락 가볍게 끌던 바람
암향暗香에 발길 멈추고

노오란 꽃술 같은 눈동자에
구슬처럼 맺힌 이슬 순결보다 고와서

시인은 그만, 입 벌려
어떡해, 어떡해,

벚꽃 핀 봄날에

돌에도 꽃이 핀다

천지간을 온통
꽃으로 만든 너
다이아몬드 보다 더 빛나고
야명주보다 더 밝다
너는 진정
꽃의 여왕이다

돌에도 꽃을 피게 한다

새들도 좋아라 꽃 숲 속에서
이리 날고 저리 날며
벗을 부르고 연인을 불러댄다
무릉도원이 예 말고
또 있을까

돌도 노래하는 3월이다

서운암 다정茶亭에서

서운암 절간에는
모두다 부처고 보살이다
지나는 나그네 공양하라고
고슬고슬 고봉 쌀밥 내어놓는 이팝나무
정갈한 여인들은 차를 끓여 내어 놓고
그 찻잔 청정한 향기 다정을 가득 채우면
성파 큰 스님 높고도 깊은 설법
조용하고 인자한 미소가
영축산골을 건넌다
무심하던 소나무도
대나무도
작은 들꽃까지도 숨죽이며 귀를 열고
우리들은 성불을 꿈꿀 때
비속으로 슬며시 내려온 달빛도
깨우침을 얻은 듯 희색이 가득하다
그 곁에 연못 속 눈치 빠른 개구리들
짝짝 축가로 목울대를 세운다

꿈 1

꽃나무 아래 서 있었다
폭우 몰려와 큰 강 범람케 하길래
꽃 떨어질까 꽃대 붙들고
왼 종일 서 있었다
깊은 밤
비의 밀림을 헤치고
달려오는 저 소리
누가 반딧불 놀던 시절
그 때의 어린 그 천사를 호명한다
그래
부는 바람 친구 삼아
날개를 펼쳐볼까

허공에 반딧불 같은
시 하나 매달아 볼까

하하동동

1
하늘의 옥천수
별빛 달빛 다 모이는
신선이 노는 곳
견우직녀도 만나는 곳
여기가 무릉도원 하하동동

동살에 이슬 먹고
작설남기 새순 돋아 여인의 바구니가 흥겨워라

꽃잎 같은 여인의 손길이여 정성을 모았어라
마음을 모았어라
비비고 덖고 또 덖어 차가 되네

순정하고 고와라 아이의 눈물처럼 고와라
하늘빛 순결한 차가 되었네 하하동동

2
아침에 마신 차는 입안에서 꽃을 피워

말씨 고운 소리가 되고

저녁에 마신 차는 잠자는 호수처럼 고요케 하고
향기로운 시가 되네

오늘 낮에 마신 차는
무슨 생각하였길 래
살랑살랑 미소로 번지더니
아, 생명으로 불 지피는
봄 햇살이 되네 하하동동

3
부모님과 마신 차는
공손한 그 향기 찻잎처럼 푸르더니
집안의 복록이 되고

친구하고 마신 차는
정이 피고 의리로 솟아
세상으로 이어지는 꽃길을 놓네

연인하고 마신 차는
발그레 분홍빛 가슴 뛰더니
무장무장 무지개로 피어나네
사랑이 피어나네 하하 동동

이웃하고 마신 차는
섬진강물처럼 정이 흐르고
세상이 밝아지네
하하동동 하동차여